その一歩

濱宮　郷詞　詩集

本の泉社

その一歩

濱宮　郷詞
Satoshi Hamamiya

目次

Ⅰ、あなたに

命 …………………………………………… 5
失敗なんてこわくない ………………………… 6
何があっても ……………………………… 7
人の目 ……………………………………… 8
踏みだす勇気 ……………………………… 9
いろいろあるけれど ………………………… 10
一度きりの人生 …………………………… 11
笑顔でいられたら ………………………… 12
あなたの明日に見えるもの ………………… 13
私の一番 …………………………………… 14
今日を大切に生きる ……………………… 15
ふりかえるとき …………………………… 16
自分に負けるな …………………………… 17
がんばれば ………………………………… 18
のんびりのあとさき ………………………… 19
その1歩 …………………………………… 20
「いや」なことでも ………………………… 21
道 …………………………………………… 22
「幸せ」って ………………………………… 23
今日、いま、すぐに ………………………… 24

ほめよう自分を	25
継続こそ力	26
人は鏡	27
こんなときの一言	28
大切なもの	29
視点を変えて	30

Ⅱ、あなたがいたから

天国のお義母さんへ	32
息子へ	34
長女へ	36
次女へ	37
パパより君たちへ	38
妻へ	40
あなたに出逢って	41

Ⅲ、この詩集が生まれるまで

あとがきにかえて	44
私のこれまで	45
近況報告	50
"これから"そしてあなたへ	52

1. あなたに

「命」

もし、「命」を粗末にするなら
私にその体をかしてください
たった一分でいいから‥‥
そうしたら
一度でいいから
子どもを抱きしめてみたい
「パパ痛いよ」といわれるまで
抱きしめてみたい
あなたの「命」はね
あなたのもののようで
あなたのものではない
あなたの存在が
多くの人を助けている‥‥
生まれてきた以上
あなたには生きる義務がある

失敗なんてこわくない

失敗なんて 恐れちゃダメさ

小さい自分を作るだけ

同じ過ち繰り返さずに

前を向いて生きること

それが一番大切なんだ

何があっても

へこたれず　へこたれず…

なお へこたれず　へこたれず…。

> 私は…生きています。
> 一生懸命生きています。
> トイレもお風呂も
> 自分では出来ません…。
> それでも
> 一生懸命生きています。

人の目

人の目を気にしていたら生きていけない
だけど…
人の目を気にしなくても、生きてけない…
人間バランスが大切さ

踏み出す勇気

大きな一歩、小さな一歩

それぞれ違いがあるけれど…

踏み出す勇気が大切なんだ

いろいろあるけれど

人間良いこと悪いこと

生きてりゃいろいろあるけれど

自分を信じて歩くのさ

そしたら何とかなるものさ

一度きりの人生

人生は一度きり

自分らしく

自分のペースで

格好良く生きたいものだ

笑顔でいられたら

笑顔があなたを和ませる

笑顔が自分を和ませる

笑顔が、笑顔が、笑顔がね…

笑顔がみんなを和ませる

笑顔でいれたらいいもんだ

あなたの明日に見えるもの

笑顔の向こうに涙が見える

涙の向こうに笑顔が見える

努力は笑顔の招き猫

あなたの明日に笑顔が見える

私の一番

素直が一番

笑顔が一番

素直に勝るものは無し

笑顔に勝るものは無し

素直が一番

笑顔が一番

今日を大切に生きる

悲しい時は泣けばいい…
愚痴を言いたいときは言えばいい…
自分に素直になればいい…

そんな時、一緒に泣いてくれる人がいたらもっといい。
人間なんて弱いもの…

でもね…
いつまでも泣いてちゃダメなんだ
今を焦らず進むんだ

昨日を悔やまず
今日を大切に
明日へ前向きに…

そう生きられたなら
何も怖いものはない

ふりかえるとき

嘆くために昨日を振り返るな…

悔やむために昨日を振り返るな…

振り返る時はね

懐かしむ時、反省する時

そうしたら明日の道が出来る

自分に負けるな

あなたの前には山がある…

どんなに高く、嶮しい山かわからない…

一歩一歩でいい　登るんだ

途中、苦しい、もうやめよう

そう思う自分がいる

それでも一歩一歩でいい

登るんだ

そしたらね、必ず頂上に着く

そしてね、そこからは必ず美しい景色が見える

いいかい、絶対に自分に負けないこと

がんばれば

つらくてもつらくても

頑張ろう

疲れても疲れても

ほらっ

あなたの頑張った道があるよ

のんびりのあとさき

のんびり楽しく生きたいね

毎日のんびり出来たらいいね

でもさ、そこには何にもないものさ

その一歩

一歩ってすごいよなぁ

だってさ

一歩がなければ何も無いんだもの

「いや」なことでも

嫌なことは嫌だよなぁ

嫌なものは嫌だよね

でもさ、頑張ってみてごらん

終われば気持ちがいいもんだ

道

得意なものはなんですか？

それがあなたの進む道

好きなものはなんですか？

それがあなたの選ぶ道

「幸せ」って

「幸せ」になりたい時は　微笑んでごらん

そして、心の中で

「幸せ」って３回つぶやいてごらん

ほらっ、「幸せ」が来たよ

「幸せ」はあなたの想いにあるんだよ

今日、いま、すぐに

やらなければならない事は

明日になったら忘れちゃうかもしれない

明日になったら出来ないかもしれない

どうせやらなきゃならないことは

「いま」やるんだよ

あなたの人生が変わるかもしれないのだから

ほめよう自分を

鏡の前で自分を見つめて

褒めてあげようよ

「頑張っているよなぁ」ってさ

「いい奴だよなぁ」ってさ

ほらっ、そしたら不安がなくなった

自分を信じることだよ

案外実力あるんだぜ！

継続こそ力

始めたら続けよう

続けたら…

あなたの力になるよ

人は鏡

笑ってごらん

ほらっ、微笑みがかえってきたよ

怒ってごらん

ほらっ、相手も怒っているよ

ねっ、人は鏡なんだよ

相手の顔は自分の心

人を責める前に、自分を見つめなおそうぜ

こんな時の一言

疲れたら…

気合いっぱつ！

それしかない…

悩んだときは…

まっ、こんな時もあるさ！

それしかない…

大切なもの

ある時は気づかないんだよね

無くして初めて気づくんだ

あなたの周りの大切なもの

人間それじゃあ、いかんよね

視点を変えて

あなたにとって

短所は最大なる長所なり!

自分の握り拳を見てごらん

いろんな角度で形が違う

だけども自分の握り拳なんだよ

視点を変えて見てごらん

短所が長所に変わるだろう

ほらっ、逆転の発想だよ

II. あなたがいたから

ありがとう

ありがとう
ありがとう
ほんとうに
ありがとう

天国のお義母さんへ

あなたのことを思い出す

ふと、優しさが蘇る…

お義母さん、見ていてくれていますか?

あなたの娘

子育て頑張っていますよ

孫も元気に育っています

私たち家族は、

元気で過ごしていますよ

あの日、結婚の承諾を得たいと願う私のために、彼女のご両親は、わざわざ家に出向いてくれた。

私はといえば、緊張でがちがちだった。

そんな私に、義父はきっぱりとした口調で

「体が不自由なことよりも、心が貧しいことのほうが、よっぽど問題だ。いまの世の中そういう人間が多い」

と言いきった。

そして、「ふつつかな娘ですがよろしくお願いします」深々と頭をさげられた。

その傍らでやさしく微笑みかけてくれた義母。あの慈愛に満ちた眼差しをいまも思い出す。

息子へ

お腹が痛くても、頭が痛くても、熱があっても

「オレ、幼稚園行く！」って

頼もしいよ

格好いいよ

泣かせるなよ…

１６００グラムで産まれて、

二ケ月も保育器に入っていたくせに…

最後まで心配させやがって…

昨日、パパは言われたよ

パパがボランティアの人と病院へ出かける時

「ぼくのお父さんをよろしくお願いします！」って

ボランティアの人に叫んだよな

そしたら…「良いしつけをしてるね」って

パパはしつけなんかしてないよな

おまえが勝手にあいさつをしたんだよな

5歳のくせに…

おまえはえらいよ

大きくなったら…

ママを守ってやるんだぞ

頼んだよ

いろいろありがとうなっ！

これからも家族という仲間で一緒に頑張ろうな！

そして…皆勤賞おめでとう！

初めての表彰状だね

あなたの根性と2人の妹の存在

そしてママの努力に敬意を表します

　　　　　　　　　　　　パパより

長女へ

いつもクールに装うあなた
本当は誰よりも甘えたいのにね…

小さい頃、歯が生えるのも一番早かった
順調に育ってくれたね

誰からも頼られるあなた
よく寝るあなた
優しさを隠す照れ屋のあなた
何事にも慎重なあなた

お父さんは、あなたの存在に感謝していますよ

次女へ

お父さんが、
この世で初めて出逢ったわが子はあなたでした

小さくて、小さくて、小さくてね…

お母さんは、大きさを比べるために、
保育器の横にティッシュ箱を置いた

本当に小さくて…

小さいながらもがんばって、元気に動いていた

そんなあなたも大きくなった
無事に育ってくれてありがとう

パパより君たちへ

パパはあなたたちに逢えて幸せだよ
ボロボロになるまで前に向かって生き抜くから
その生き様をよくみておくんだよ。

そして、パパが死ぬとき
「パパは頑張ったよ…」って言ってくれ。

そして、あなたも
自分の子どもが生まれたら
「パパ（ママ）は頑張ったよ…」って言われてほしい…

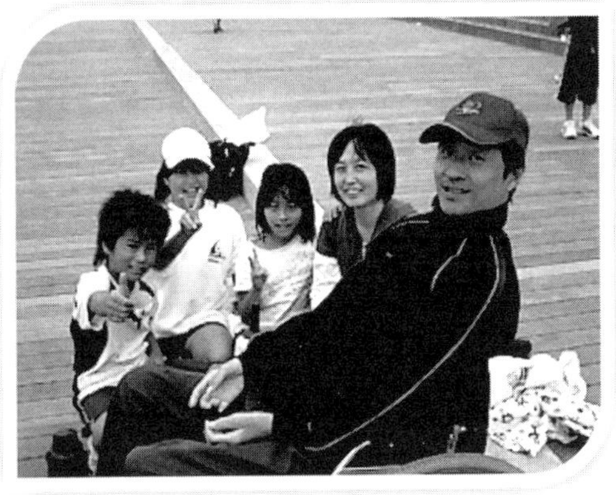

妻へ

ありがとう…
あなたがそばにいてくれて…

ありがとう…
あなたの笑顔を見ているだけで

ありがとう…
元気になれる自分がいるよ

ありがとう…
ありがとう…

ただ、それだけが言いたくて…

あなたに出逢って

「何故自分だけが寝たきりに…」

あなたに出会うまでは

いつも死ぬことばかり考えていた

そんな時、 あなたがそばに来てくれた…

そして…、 あなたの為に、生きることを決めたんだ

不慮の事故で目の玉しか動かせなくなった。

何をするにも、人の手が必要だった。希望を失い、死ぬことまで考えていたそんな私が、妻を得て、子どもにも恵まれ、親になることが出来た。

なんと子どもは、三つ子。子どもたちは、日々健やかに成長している。どの子も本当に可愛い。しかも、たくましい。子どもたちのエネルギーとひたむきさは、希望の力そのもの。私の大切な宝ものだ。

いずれ、どの子も、明日に向かってはばたく日がくる。自立するのも、そう遠くはないだろう。

妻と手を携え、子どもたちの幸せを願って、ずっと見守りたいと思う。

III. この詩集が生まれるまで

> 私は、これからも
> どんなことがあっても
> 自分には負けません
>
> 合言葉は
> 「負けてたまるか!」です
>
> いま 私の心は
> 青空のように
> 澄みわたっています……

あとがきにかえて

　お元気でお過ごしでしょうか。
　私は、元気でやっています。

２０１１年３月１１日の東日本大震災・原発事故は、"命の大切さ"をあらためて実感させてくれました。
　いま、私にできることは、１日１日を一生懸命生きることの大切さ、人との絆の大切さを伝える役割を果たすことだと思っています。本当の生きがいは、自分が社会や誰かの役に立つ喜びではないでしょうか。
　そのためにも、家族・友・人を思いやれるやさしさと強さ、そして夢を持ち続けたいと思っています。

　本書は、「詩集」です。
　たくさんの困難にぶつかる度に、乗り越えてきた私自身のつぶやきです。
　同時にこれら一つひとつが、自分への応援歌でもありました。
　「ぜひ、本に」とのお話をいただき、まだ立ち止っているあなたにも、その一歩を踏み出そうとするあなたにも、読んでいただきたくなりました。
　ところで、あなたの夢はなんですか。
　こんな時代だからこそ、夢を持ち、胸を張って生きたいと私は思っています。

私のこれまで

　ここで、私のことを話しておきましょう。
　私は、5歳のとき父を失いました。母は、女手ひとつで私たち姉弟を育ててくれました。必死に働く母の後姿。私は、子ども心にも「この人を悲しませてはいけない」と思いました。母は、私の生きる姿勢をも育んでくれたのです。

　自分で言うのもなんですが、私は、幼い頃から運動神経に恵まれ、小学生高学年になると、その頃はやり始めたサッカーの少年団に入団。5年生でレギュラー入り。中学校でも県大会の決勝戦にかり出され、優勝。
　新聞に写真入りで「濱宮の好守に阻まれる」との記事が載ったものです。

　中学校では、サッカー部に所属。さらに顧問の先生の勧誘があり、陸上部を掛け持ち。陸上部では、棒高跳びを始め、中学校3年の夏と秋の県大会で優勝。高校2、3年で県記録を連続樹立。陸上競技棒高跳び日本高校記録を目指し、全国高校総体に向け全力投球の最中でした。
　誰からも優勝間違いなしと言われ、高校生日本代表を目指し全国高校記録更新に向かってばく進中の私は、まさに、将来を嘱望されていました。
　あの頃の私は、努力すれば、道は拓けると信じて疑いませんでした。

その栄光が、一瞬にして幻となったのは、全国大会県予選の練習中の事故でした。

その日、突然審判に呼ばれました。慌てて走り、ポールの先を高々と持ち上げ、勢いよく走り込み、ポールをボックスに突っ込みました。そして、空中でターン。逆立ちをしたその瞬間のことです。

なんと、練習のためバーがかかっていません。私は、上空で自分の位置を見失ってしまいました。そして、あろうことか地上5mの高さに放り上げられ、そのまま地面に墜落。地面に叩きつけられたその瞬間、観客席から悲鳴が上がりました。「ドスン…」と嫌な音が聞こえました。

その瞬間から、手も身体も自分の意志で動かすこともままならなくなっていました。それもそのはず、首の骨が折れ、頚椎損傷となっていたのです。動くのは目の玉だけ。手足はまったく動きませんでした。それなのに観客の悲鳴はしっかり耳に残っていました。

そこから、長い苦難の道程が始まり、「第五頚椎損傷」、そう、重度障害者という第二の人生が始まったのです。

リハビリは、苦しいものでした。それに、どんなにがんばってリハビリを続けても、手足は動かず、よくなる見通しはないのです。

そうこうするうちに、医者から「君は、もう歩けない」と宣告されました。

突然、寝たきり状態になり、車いす生活になってしまったのです。十代の若さで

した。

　入院中（休学をしていました）に、見舞いに来た担任が「学校の名誉のために怪我をしたのだから、卒業させてあげよう！」という学校側の提案を伝えてくれました。しかし、その言葉に納得がいかず、「出席日数が足りないのに、卒業はおかしい！」「キチンと勉強して卒業したい！」と、車椅子で復学。必死でした。家族、友人・仲間に支えられ高校生活を送りました。

　時は流れ、進路の話が飛び交う時期となりました。私の周囲は、進学、就職と次々決まりだしました。

　私はといえば、このまま親に苦労をかけて生きるのはなによりもいやでした。

　いつしか、進路は、死ぬことだと思い詰めるようになり、死ぬ場所を探しました。でも、なかなか死ねるものではありません。

　そんなある日、一人の先生が「おまえコンピュータの勉強をしないか？」と声をかけてくれました。私は、高校卒業後、コンピュータの勉強をするために２年間作業所に行くことになりました。しかし、そこは入所施設です。簡単に言うと、全寮制のようなものです。私は自力でトイレ、お風呂、着替えが出来ず、寮には入れません。急遽、送迎ボランティアを探す事になりました。ポスター、チラシを作り配布。新聞社、テレビ等のマスコミにも相談しました。結局、通所を援助してくれるボランテイアを見つけ、その方々の力を借り、コンピュータ技術を習得しました。

　最初に、教官から「作業所は、仕事を斡旋する事まで目指していますが、あなた

の場合、重度すぎて仕事が出来る障害レベルではない。仕事が見つからなくても、二年間のコースを終えたら止めてくださいね」といわれました。

案の定、コンピュータ技術を習得した私を待ち受けていたのは、「あなたのような重い障害では、仕事は出来ない」との厳しい現実でした。

お先は真っ暗。何度も「君には無理だ」といわれながら運転免許も取得。周囲のみなさんに支えられ、持ち前の負けん気と努力で道を切り開いてきました。就職先も自力でみつけ、なんとクラスの中で、一番最初に就職が決まりました。

私には、１つ年下の彼女がいました。彼女は、私のためにいち早く運転免許を取得してくれました。それによって二人の行動半径は、ぐ〜んとひろがりました。

旅行にも海にも行きました。とはいえ、どんなに青春を謳歌しようにも「障害者と健常者」の交際には、さまざまな困難がありました。自分のこともままならない私のような恋人をもった彼女の苦労は並大抵ではなかったはずです。

でも、彼女は、それらのことについて嘆いたり、文句をいったことはありません。芯が強く、ハートフルで、どんなときにも、心を曇らせない彼女の笑顔はとびっきりです。今更ですが、彼女は、ほんとうによく尽くしてくれました。

そしてなにより、彼女は、困難が多い私との結婚の意思を固めてくれたのです。

結婚のあいさつのために、料理店の個室を予約しました、それを聞いた彼女の父親は、「君は家に来られないでしょう。無理にお金を使わなくてもいいよ。私たちが

お宅にいってあげるよ」といってくれました。

　実は、私には、かつて彼女の父親から頭ごなしにどなられたことがありました。

　ある日、帰宅が遅くなり、彼女は電話で自宅にいる父親に報告中でした。そこで、この際、遅くなったお詫びも兼ねて、私からもあいさつをと電話を代ってもらいました。ところが、代わった途端に「なんで、おまえなんかに言われなければならないんだ！」と怒られ、慌てて彼女に代わったものでした。

　当日のことです。来訪されたご両親に、「初めまして…濱宮です」

　私は、一世一代の思いを込めて挨拶をさせていただきました。

　すると、開口一番、「以前は、電話で失礼なことをしました。お許しください」と深々と頭を下げられたのです。まさに論語の世界。「過ちては則ち改むるに憚ることなかれ」を地で行くものでした。一瞬にして畏敬の念に打たれました。

　義父は「濱宮君、人間はね。身体が不自由なことよりも、心が貧しいことの方が、よっぽど問題だ。いまの世の中そういう人が多いじゃないか。その方がよっぽど問題だよ」そう言い切りました。きっぱりとした声音も態度も、私の心にしみました。

　義父はさらに「ふつつかな娘ですが、よろしくお願いします」と、深々と頭を下げました。私たちの結婚を快諾してくれたのです。私は、義父の言葉を、あの日を、大切なアニバーサリーとして、いまも心に刻んでいます。

　こんなに潔く、こんなにまっとうな両親に大事に育てられた私の妻は、本当にすてきな女性です。いまだに苦労をかけっぱなしですが、私の現在があるのは、妻のおかげです。

私の近況報告

　私たち夫婦には、その後、1000ｇ、1200ｇ、1500ｇの３つ子が産まれました。

　私は、重度障害者にして父親となり、育児を経験。精一杯仕事に励み、３つ子の父親として、地域と関わりながら子育て中です。

　子どもたちも、いまでは大きくなり、頼もしい存在になりつつあります。

　どの子も、いつも明るく元気。妻を助け、ある意味なんにもしてやれない父親である私を健気に気遣ってくれます。

　家族５人、毎日力を合わせて、明るく楽しくやっています。

　でも、すべてが順風満帆ではありません。

　私は何をやるにも、人の手を借りなければなりません。相変わらず、制限や条件だらけです。まさに人生いろいろで、「想定外」の困難や災難もふりかかってきます。

　ある真夜中、なんと実家が火事で焼失してしまいました。私は、両親のために、すぐに実家を再建しました。合わせて、５人の家族が快適に暮らせるようこの際（遣り繰り算段は大変でしたが）、自宅も建てることにしました。

　安心したのもつかの間、今度は父（母は私が中学校三年生の時に再婚しました）が癌の宣告を受けました。入院手続きや諸問題をやりくりし、母を励ましながらがんばりました。

現在は、サラリーマンのかたわら、全国各地で講演活動を行っています。
　どんなに忙しくても、真剣なまなざしで聴いてくださるみなさんにお目にかかるのが楽しみです。
　みなさんにお話することで私自身も力を得、少しずつ進化しているのです。
　こんな私にとって、「私の人生面白い」は、嘘偽りのない本音です。

"これから" そしてあなたへ

　私はいま、全国各地から依頼をうけ講演に出かけています。
有難いことに、講演会は（準備してくださるみなさんの一方ならぬご尽力も得て）、毎回好評を博しています。
　私の講演会を、聞きに来てくださる方々はとても熱心です。
　それは、私が発するメッセージを、メモをとりながら聴いてくださる方の多さによっても証明されます。
　私は、こうしたひたむきな姿やまなざしに接する度に、お出でいただいたことへの感謝と、
「でも、わざわざメモを取らずにすむといいな」とずっと思っていました。
「ぜひ、本に」の声をかけていただいたのはそんな時でした。

　私は、思い切って、講演の中で伝えている私の生き方、私を支えてきた思いや言葉を紡ぎ、「詩集」にして、みなさんにお伝えすることにしました。

　この詩集。
　読む人によっては、単なる詩集。「ふ〜ん」で終わってしまうことでしょう。
　でも、暮らしにくく、生きにくく、夢を育くみにくい時代。暮らし、健康、家族、子どもたちの明日への不安も増すばかり。

心ならずも病や困難を抱えている人、仕事や子育てにうまくいかないと悩んでいる人、自分だけ運が悪いと思っている人、どうにも心晴れない日々を送っている人もいるかもしれません。「運命とは？」「人生とはなんだろう」と問わずにはいられないあなた。

　思えばそれは、どれも、かつての私自身でもありました。

　何しろ、気がつくと、動かせたのは、目の玉だけだったのですから。

　でも、今は笑って話せます。

　この世に存在する人の数だけ、人生があります。自分の人生の主人公は自分自身。夢や目標に大きい小さいはありません。とはいえ、人生には、山あり谷あり…。生きることは、本当に大変なことです。

　あなたが苦しいとき、この詩集を開いてみてください。

　私は、思うのです。

　人生は通過点なのです。今が終着駅ではない！必ず通り過ぎるはず。

　そして、どんなに辛くても自分で踏み出さなければ、何もはじまらないのです。

　嘆いているばかりでは、何も進みません。

　苦しいときは慌てないことです。

　いまを　一歩一歩、あきらめずに歩めばいい。

　はじめの一歩。大切な大切なその一歩！

著者紹介

濱宮 郷詞（はまみや さとし）

昭和38年	神奈川県に生まれ、5才の時父親を亡くし、母親に女手ひとつで姉と共に育てられる
昭和45年	小学校に入学、サッカー少年団市大会優勝、児童会副会長を務める等活発な性格
昭和51年	市内の中学校に入学、全国中学校通信陸上競技大会県大会棒高跳優勝、県総合体育大会サッカー、陸上競技棒高跳優勝、市スポーツ賞受賞
昭和54年	県立高校入学、陸上競技大会関東大会出場、全国国民体育大会6位、市よりスポーツの活躍を表彰される
昭和55年	陸上競技棒高跳県高校記録樹立、県総合体育大会陸上競技棒高跳優勝、陸上競技棒高跳県新人戦高校記録樹立、市より再び活躍を表彰される
昭和56年	陸上競技棒高跳県高校記録樹立 県総合体育大会 棒高跳練習中落下、第5頚椎を損傷、車椅子生活になる 神奈川県総合リハビリテーション病院入院、リハビリテーションを始める 高校休学、復学、卒業
昭和59年	神奈川県総合リハビリテーション第2更生ホーム入所、再び、リハビリテーションを始める
昭和61年	日本キリスト教法団アガペ作業センター入所、職業リハビリテーションを始める
平成2年	就職、結婚
平成4年	全国身体障害者スポーツ大会山形大会ビーンズバック投げ銀メダル
平成8年	神奈川県福祉政策課より初の試みで「＜漫画モデル＞にしたい」と要請有、平成7年度「漫画のモデル」となる。TVKテレビ「話しの市場神奈川」出演
平成10年	長男、長女、次女　3つ子生まれる 全国身体障害者スポーツ大会神奈川大会ビーンズバック投げ銀メダル
平成13年～	NTVテレビ「24時間TVチャリティリポート」出演 JVC上越ケーブルテレビジョン、他ケーブルテレビ講演放映多数
平成16年	フジテレビ「奇跡体験アンビリバボー」にて再現ドラマ化され15.7％の高視聴率
平成17年	日本テレビ「ザ・ワイド」再現ドラマ化、高視聴率、フジテレビ「奇跡体験アンビリバボー」再放送、自伝「負けてたまるか」出版、作家デビュー
平成18年	月刊「ゆたかなくらし」でコラム連載開始、絵本「うさぎのさとくん」出版、絵本作家デビュー
平成19年	著書「負けてたまるか」増刷、茨城県教育委員会推薦図書となる。改訂版出版予定
平成23年	著書「負けてたまるか」8刷、「うさぎのさとくん」2刷
平成24年	現在、各地で講演活動等で活躍中

濱宮郷詞オフィシャルサイト　http://www.kouen-koushi.com/

その一歩

2012年9月1日	初版1刷

著　者　濱宮郷詞
発行者　比留川 洋
発行所　本の泉社
　　　　〒113-0033
　　　　東京都文京区本郷 2-25-6
　　　　TEL 03-5800-8494
　　　　FAX 03-5800-5353
表紙デザイン・DTP　Haruko.H
印　刷　エーヴィスシステムズ
製　本　難波製本

ISBN978-4-7807-0900-1 C0092

落丁・乱丁などの不良品はお取り替えいたします
価格はカバーに表示してあります
●本書および本書の付属物は、著作権法上の保護を受けています。
●本書の一部あるいは全部（音声および各種プログラムを含む）を、
　無断で複写、複製、転載することは禁じられております。